Hagamos una obra

Contado por Margaret Hillert
Ilustrado por Ruth Flanigan

NORWOOD HOUSE PRESS

Querido padre o tutor:

Es posible que los libros de esta serie de Cuentos fáciles - para empezar a leer le resulten familiares, ya que las versiones originales de los mismos podrían haber formado parte de sus primeras lecturas. Estos textos, cuidadosamente escritos, incluyen palabras de uso frecuente que le proveen al niño la oportunidad de familiarizarse con las más comúnmente usadas en el lenguaje escrito. Estas nuevas versiones en español han sido traducidas con cuidado, e incluyen encantadoras ilustraciones, sumamente atractivas, para una nueva generación de pequeños lectores.

Primero, léale el cuento al niño, después permita que él lea las palabras con las que esté familiarizado, y pronto podrá leer solito todo el cuento. En cada paso, elogie el esfuerzo del niño para que desarrolle confianza como lector independiente. Hable sobre las ilustraciones y anime al niño a relacionar el cuento con su propia vida.

Al final de cada cuento, hay una lista de palabras que ayudarán a su hijo a practicarlas y reconocerlas en un texto.

Sobre todo, la parte más importante de toda la experiencia de la lectura es ¡divertirse y disfrutarla!

Shannon Cannon

Shannon Cannon, Ph.D.,
Consultora de lectoescritura

Norwood House Press • www.norwoodhousepress.com
Beginning-to-Read™ is a registered trademark of Norwood House Press.
Illustration and cover design copyright ©2021 by Norwood House Press. All Rights Reserved.

Authorized adaption from the U.S. English language edition, entitled *Let's Have a Play* by Margaret Hillert. Copyright © 2017 Margaret Hillert. Adaptation Copyright © 2021 Margaret Hillert. Translated and adapted with permission. All rights reserved. Pearson and *Let's Have a Play* are trademarks, in the US and/or other countries, of Pearson Education, Inc. or its affiliates. This publication is protected by copyright, and prior permission to re-use in any way in any format is required by both Norwood House Press and Pearson Education. This book is authorized in the United States for use in schools and public libraries.

Designer: Lindaanne Donohoe
Editorial Production: Lisa Walsh
Translator: Kamel Perez

LIBRARY OF CONGRESS CATALOGING-IN-PUBLICATION DATA
Names: Hillert, Margaret, author. | Flanigan, Ruth J., illustrator.
Title: Hagamos una obra / contado por Margaret Hillert ; ilustrado por Ruth Flanigan.
Other titles: Let's have a play. Spanish
Description: [Chicago, IL] : Norwood House Press, [2021] | Series: A beginning-to-read book | "Authorized adaption from the U.S. English language edition, entitled Let's Have a Play by Margaret Hillert"—Title page verso. | Audience: Ages 5-8. | Audience: Grades K-1. | Summary: "With nothing to do on a rainy day, two children decide to create a play using paper-bag puppets and a theatre made out of box. They create a story and perform the play for their parents. Spanish only text, includes Spanish word list"— Provided by publisher.
Identifiers: LCCN 2019040669 (print) | LCCN 2019040670 (ebook) | ISBN 9781684508761 (hardcover) | ISBN 9781684045389 (paperback) | ISBN 9781684045662 (epub)
Subjects: CYAC: Puppets—Fiction. | Spanish language materials.
Classification: LCC PZ73 .H55720686 2021 (print) | LCC PZ73 (ebook) | DDC [E]—dc23

Hardcover ISBN: 978-1-68450-876-1   Paperback ISBN: 978-1-68404-538-9

328N—072020

Manufactured in the United States of America in North Mankato, Minnesota.

Mira esto.
¡Qué día!
¿Qué podemos hacer?
¿Qué hay allí para que
nosotros hagamos?

3

Aquí hay algo que hacer.
Ven, niña.
Qué buena perrita eres.
Podremos jugar contigo.

Ahora vamos a leer libros.
Es divertido hacer esto.
Es divertido leer.

Oh, mira aquí.

Mira esto.

Aquí hay algo que podemos hacer.

Podemos hacer algo.

Podemos hacer una obra de teatro.

Mira.
Así es cómo
podemos hacerlo.
Mira esto y esto.

Ponte a trabajar.
Trabaja, trabaja, trabaja.
Debemos tener esto
para la obra.

Ahora tenemos que construir
un niño y una niña.
¿Pero cómo haremos eso?
Oh, ya veo.

Papá, Papá.
¿Tienes lo que queremos?
Mira aquí.
Esto es lo que queremos.

Sí, tengo algo.
¿Es esto?
¿Esto funcionará?

Ya veremos.
Ya trabajaremos sobre ello.
Ya haremos algo bueno.

Construye algo así.
Construye uno.
Construye dos.

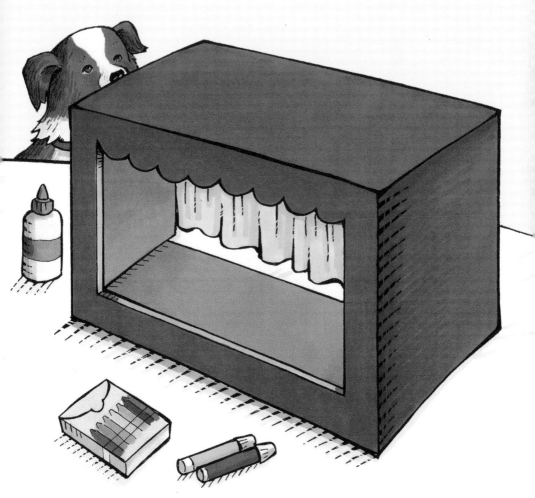

Ahora construye uno
como este.
Irá aquí.

Y construye algo rojo.
Debemos tener esto.

Y mira qué sale.
Qué chistoso.

Oh, oh.
Que no se te olvide algo
aquí y aquí.

Y ahora construye algo para acá arriba.

Bien. Bien.
Yo tengo un niño.
Tú tienes una niña.

Aquí está un perro también.
Mira.
Este es un muy buen perro.

Y aquí hay algo.
Mira este.
¿Te gusta?
¡Qué divertido es!

Oh, esto se ve bien ahora.
Nos divertiremos con él.
Vamos por Mamá y Papá.
Corre, corre.

Mamá. Papá.
Vengan a ver lo que hicimos.
Oh, qué bien.
Ya verás.
Siéntense. Siéntense.

Sí, es bueno.
Hicieron buen trabajo.

Nos gusta.
Ahora, veamos la obra.

a	ello	no	tenemos
acá	eres	nos	tener
ahora	es	nosotros	tengo
algo	eso	obra	tienes
allí	está	oh	trabaja
aquí	este	olvide	trabajar
arriba	esto	papá	trabajaremos
así	funcionará	para	trabajo
bien	gusta	pero	tú
buen	hacer	perrita	un
buena	hacerlo	perro	una
bueno	hagamos	podemos	uno
chistoso	haremos	podremos	vamos
como	hay	ponte	ve
cómo	hicieron	por	veamos
con	hicimos	que	ven
construir	irá	qué	vengan
construye	jugar	queremos	veo
contigo	la	rojo	ver
corre	leer	sale	verás
de	libros	se	veremos
debemos	lo	sí	y
día	mamá	siéntense	ya
divertido	mira	sobre	yo
divertiremos	muy	también	
dos	niña	te	
él	niño	teatro	

ACERCA DE LA AUTORA

Margaret Hillert ha ayudado a millones de niños de todo el mundo a aprender a leer independientemente. Fue maestra de primer grado por 34 años y durante esa época empezó a escribir libros con los que sus estudiantes pudieran ganar confianza en la lectura y pudieran, al mismo tiempo, disfrutarla. Ha escrito más de 100 libros para niños que comienzan a leer. De niña, disfrutaba escribiendo poesía y, de adulta, continuó su escritura poética tanto para niños como para adultos.

Fotografía por Glenna Washburn

ACERCA DE LA ILUSTRADORA

A Ruth Flanigan siempre le ha encantado leer y dibujar. Ella es una graduada de Rhode Island School of Design, y sus ilustraciones se pueden encontrar en libros de dibujo, literatura educativa infantil, y revistas. Ella cree que todo niño es un artista maravilloso por dentro. Ella siempre tiene la meta de inspirar y animar a niños a que encuentren sus voces creativas a través de su arte y enseñanzas.